바람 인형

J.H CLASSIC 087

바람 인형

김선옥 시집

지혜

여름에도 꽃샘추위를 겪었다
늘
삶과 계절 사이의
바퀴에 튕겨지는 빗물처럼 살았다
처음 닿는 곳에서
바다를 보고 싶다

차 례

시인의 말 ──────────────── 5

1부

바람 ──────────────── 12
검은빛의 배경 ──────────── 14
돌 깎는 남자 ───────────── 16
풍경화 ──────────────── 18
비 ───────────────── 20
초승달 ──────────────── 21
지금 내 귓속엔 무슨 일들이 ───── 22
봄 햇살은 ───────────── 24
밤에 쓰는 시 ───────────── 26
꽃밥 ──────────────── 27
포장 ──────────────── 28
인연 ──────────────── 30
거미의 독서법 ──────────── 31
봄, 꽃, 나무 ───────────── 32
숲은 귀를 풀어 새를 키운다 ───── 34
경천댐 ──────────────── 35
봄을 쓰다 ───────────── 37

6

2부

안녕, 남편 ──────── 40

싹트는 남편 ──────── 42

3월 ──────── 43

소파, 그 위의 남편 ──────── 45

백내장 ──────── 47

지금이 참 좋다 ──────── 49

퇴고 ──────── 50

화장을 하다가 ──────── 52

공터 ──────── 53

환한 죽음 ──────── 55

맷돌에 박힌 기억 ──────── 57

아버지의 마지막 출타 ──────── 59

위내시경 ──────── 61

새순 ──────── 63

하늘을 품은 저수지 ──────── 65

산다 ──────── 67

3부

틈 —————————————————— 70

묵란도 ———————————————— 72

철없이 핀 꽃 ————————————— 73

주흘산을 오르다 ———————————— 74

영강, 겨울을 견디다 ———————————— 76

연, 하늘을 날다 ————————————— 78

시, 탄생하다 —————————————— 80

도깨비바늘 ——————————————— 82

단상 ————————————————— 84

눈물이 가는 길 ————————————— 86

공 ————————————————— 87

묵은 된장 ——————————————— 89

벌집을 건드리다 ————————————— 91

하루살이 ——————————————— 93

바람 인형 ——————————————— 94

길 ————————————————— 96

4부

2박 3일의 외출

그늘의 노동 ·· 1(

내 엄마, 구절초꽃으로 피다 ·········· 104

뇌졸중 ·· 106

조밥 ·· 107

술이 엄마를 발효시키다 ················ 109

바닥을 외면한 신발 ·························· 111

마네킹 ·· 113

손금 ·· 114

낚시 ·· 116

빅뱅 ·· 117

셋째 언니 ·· 119

짖는다, 개가 ······································ 121

장례식장에서 ······································ 123

폭염 ·· 124

토막사건 ·· 125

해설 • 시작 詩作：소리의 풍경과 생의 율동 • 고명철 127

• 일러두기
　페이지의 첫줄이 연과 연 사이의 띄어쓰기 줄에 해당할 경우 > 로 표시합니다.

1부

바람

그는 왜!
풀밭을 열어보려셨을까

옹이로 불거ス 손길 없이도
무성하게 자란 텃밭에 풀들이 몸을 낮춰
살아내는 볍을 알아간다
살구나무 그늘이 놀라 자지러지고
맑은 하늘도 몰리는 구름에
조각닌 그늘이 된다
세상은 늘, 양철지붕에 바람 깨지는 소리가 난다

오랫동안 닫혀있던 대문을 두드린다
안쪽에선 누군가
맨발로 풀밭을 질질 끌고 나와
녹슨 대문을 열려고 삐걱거린다

쿨럭거리던 기침 소리와
내 어린 추억과
내통하는 자는 어떤 관계인지
수시로 제집처럼 드나든다

\>

먼 산처럼 다가와 뿌옇게 시야를 풀어놓은 황사에
숨이 멎는 순간에도
거미는 바람에 기대어 집을 짓는다

검은빛의 배경

불 꺼진 방에 들어서면
내 눈은 깜빡 죽음에 든다

빛의 반대편에서
어둠의 무게를 측정할 수 있는 건
벽에 매달린 둥근 시간의 소리였다
내 가슴이 똑딱거리는 이유는
밝음을 받드는 검은 빛의 무게 때문

벽을 오르는 시간의 소리는 검다
비탈진 길을 넘어온 시곗바늘

오던 길을 되돌아나간 어둠이 저리도 환하다

불을 켜자
빛살이 찌르는 통증을, 어둠의 무게로 견딜 수 있을까
번개를 삼키며 살아온 낮은 하늘과 수평을 맞출 수 있을까
빛이 어둠의 배경이 될 수 있을까

시곗바늘이 둥근 벽을 따라

불 꺼진 창이며 거실을 건너다니는 동안
두툼한 어둠이 문을 밀고 **빡빡**하게 들어선다

부르튼 혀 속의 하루가 묵어가는 시간이다
어두운 빛의 배경 위로
통째로 삼킨 어둠을 되새김질하는
가로등 골목 풍경에
밤 고양이 눈동자가 푸르다

돌 깎는 남자

석재 공장을 지날 때마다
톡톡톡! 새 알 깨는 소리가 난다
몸통을 벗고
탁탁탁! 툭툭툭! 날개를 키우고 있었나 보다

검독수리 한 마리 큰 날개를 펴고
비상 준비를 한다

저 새는, 시베리아 쪽으로 가려는 것인지
캄캄해서 차가웠던 돌 속의 세상
제 몸을 박차고 날아갈 기세다

깃털 하나하나를 달아주며
아비 같은 마음으로 다듬고 또 다듬었을
석수의 손에서 태어나고 무럭무럭 자랐던

석공은 나처럼
깎고 갈고 어루만지며 땀 흘리고 키워
멀리 떠나보내는 날은
시원하고 섭섭하고 기뻤을 것이다

\>
아니
보낼 곳이 없어
돌을 쪼는 동안
그리 오래도록
한마디 말없이 침묵했는지도 모른다

돌을 깨던 첫 망치질에서
마지막 완성의 시간이
검독수리의 일생이었음에
침묵하는지도 모른다

풍경화

도화지에 붓을 대면
하늘은 구름을 낳고 앞산엔 나뭇잎이 자라고
꽃이 핀다

해가 정수리에 닿으면
손가락의 힘은 곡선으로 휘어졌다
붓끝에서 산은 우뚝 솟아도 우직한 앞만 있을 뿐
폭포 소리가 우뚝 서고
주위엔 이끼 냄새가 푸르게 핀다
물안개가 높이를 잊은 듯 야트막이 깔린다

나에게 붓을 대면
가슴 깊은 곳에서 물결 소리가 들린다
청둥오리의 시린 발가락이 강물을 밀고 간다
햇살이 엉겨 붙은 갈댓잎의 푸르름을 지나,
어디든 손을 뻗어 잡으려 하는
강둑에 뒹구는
내 둥근 상상 속의 늙은 호박
속을 갈라놓으니
달콤함과 물컹함 사이엔 지금의 내가 있다

\>

곱게 물든 나이를 그린다

마음속에 있는 것들은 다 배경이 된다

비

비가 온다

논바닥이며
나무이파리 장독대 잔디밭 들깨 모 바윗돌
늘어진 풀들이

허겁지겁

빗물
그
갓 맑음을 먹어 치우는

저 왕성한 굶주림

초승달

손톱을 자르다가
작은 손톱 위에 얹힌 달을 보았네

내 몸속의 달

어슴푸레 비친 달빛은
어둠을 가둘 수 없었네

매니큐어 벗겨지고
달빛은 간간이 얼굴을 내미네

몸 밀어 올린 달

둥글기도 전
초승달은 톡톡 사방으로 튀어
내 몸 떠나는 달

지금 내 귓속엔 무슨 일들이

내 귓속에는 아직, 발도 들여놓지 못한 소리가 있다

남편의 치아 사이에서 나온 말들이
절름발이가 되어 계단을 느리게 한 칸씩 오르고 있다
목적지가 바뀐 남편의 문장들이 귓속에
아주, 집 한 채 짓겠다

우물에 빠져 허우적거리는 매미의 울음에
참새의 부리를 들이대는 절박한 긴장의 고요가
또 한 채의 집을 짓겠다

이러다 내 귓속에 작은 마을 하나 들어서겠다

나는 꿈꾼다
내가 살던 마을의 돌담길 돌아온 기억 속
열아홉 살
첫 키스만큼이나 팽팽한 간극과 간격 사이
그 가득한 여백의 창문을 두드리는 소리 듣고 싶다

마을 앞 저수지엔

수만 개의 햇살이 파문으로 꽂히는
오후 세 시쯤
낭자한 햇빛 속으로 켜켜이 쏟아지는
군내 나는 말들이
귓속을 부풀리고 있다

귀밖에 문 닫는 소리, 귓속으로 문 여는 소리
아차! 내 몸을 당신의 귓속에 두고 왔을지도 몰라
몸 밖을 걱정하고 있다

봄 햇살은

한 치의 햇살도 거부한 적 없는 나뭇가지로
물 흠뻑 올라 본색을 드러낸 자작나무 둥치로
바람 잘 날 없는
절집 추녀 끝에 낡여 속을 비우고
목적지도 없이 살아가는 물고기 지느러미로
담 밑
민들레 꽃잎 앞에 쪼그린 아이들의 정수리로
눈알을 궁굴리며
날개를 폈다가 접는, 호랑나비 더듬이로
아침 안부로 휘어지는 전깃줄에
제비들의 부리 끝으로

손수레에 얹힌 구겨진 폐지의 모서리로
지팡이에 끌려가는 노인의 굽은 등줄기로
주절주절 날개 달린 황사 바람에
요란을 떠는 양철지붕으로
노숙에 길든 개
세상일 다 포기한 듯 퍼드리고 누운 잠 위로

대패질하던 아버지 손바닥에

부풀었다 터진 물집은
쓰라린 기억을 말리고
햇살과 햇살 사이에서 나는
봄으로 움푹움푹 솟고,

밤에 쓰는 시

초승달이 지나간 밤하늘은 별들의 마을

쓰레기통 냄새를 핥는 고양이 눈빛이 살고
풀벌레 소리가 살고
개 짖는 소리가 살고
밤길을 내달리는 별똥별이 살아간다

어둠 안쪽에서
한 편의 시를 쓰기 위해
그들의 마을에 허락도 없이 들었다

어둠으로 쌓은 벽이 높아갈수록
소리가 무성해지는 밤
내 귀는 이 순간을 놓칠 수 없어
몸빛이 찬란한 별들을 한눈에 모은다
북두칠성 사자자리 큰곰자리 백조자리를 찾는 사이

완강하게 밀고 드는
부엉이 소리 소쩍새 소리 풀벌레 소리에 갇혀
시 한 편 완성하는 중이다

꽃밥

내장 속에 꽃이 핀다

천안, 허브 식당에서
꽃 비빔밥을 먹고 온 날부터
가지각색의 꽃들이 핀다
쭉쭉, 줄기는 내장 끝까지 뻗는다
내장 속에서도 향기를 머금은 꽃이 피다니

해마다 잘 익은 봄날을 한 아름씩 건네며
말도 없이 잘리는 가위질이 다녀간다
갓, 땅과 결별한 꽃잎의 수런거림을
코끝은 쥐었다 풀어놓는다

죽음이 이렇게 싱싱하고 향기롭다니,
살아 숨 쉬는 내장 길을 활짝 열었다
겹겹 물길을 틔워
심장 소리 둥둥거리는 한 척의 배에 실려 오는
꽃잎의 한 시절들

왕성한 식욕이 다녀가고
향기는 입속에 뿌리 없는 제 몸을 묻는다

포장

파운데이션으로 잔주름을 숨기고
처진 눈을 아이라인으로 키우고
속눈썹을 마스카라로 올리고
칙칙한 입술은
연붉은색 립스틱으로 덧칠을 한다

옷장을 열어놓고 고민한다

팔월 십오일
초등학교 친구들 만나는 날
민소매도 아닌 긴 팔을 꺼내
몇 번이고 나를 쌌다가 풀기를 반복한다

근육도 없이 굵어진 팔뚝 살을
늘어진 뱃살을
단단하게
겹겹이 싸고 또 싼다

짙은 화장으로 주름을 싸고
몸을 조이는 쪽빛 원피스

꼭 싸고 묶어도 삐져나오는
이순의 나이

나이는 몸으로 먹는다
몸을 싸는 포장지는 해가 갈수록 곱다

인연

꽃 꽃 꽃 꽃 꽃 꽃 꽃 꽃 꽃 꽃 꽃 꽃 꽃 꽃 꽃 꽃 꽃 꽃 꽃 꽃
꽃 꽃 꽃 꽃 꽃 꽃 꽃 꽃 꽃 꽃 꽃 꽃 꽃 꽃 꽃 꽃 꽃 꽃 꽃 꽃
꽃 꽃 꽃 꽃 꽃 꽃 꽃 꽃 꽃 꽃 꽃 꽃 꽃 꽃 꽃 꽃 꽃 꽃 꽃 꽃
꽃 꽃 꽃 꽃 꽃 꽃 꽃 꽃 꽃 꽃 꽃 꽃

나비 나비 나비 나비 나비 나비 나비 나비 나비 나비 나비 나비
나비 나비 나비 나비 나비 나비 나비 나비 나비 나비 나비 나비
나비 나비 나비 나비 나비 나비 나비 나비 나비 나비 나비 나비
나비 나비 나비 나비 나비 나비 나비 나비 나비 나비 나비 나비

너와 내가
몸으로 만난 봄

거미의 독서법

파장을 읽느라 몰두하는 귀

잠자리 한 마리 공중을 날다가
날개 한쪽이 걸렸을 뿐인데
파장은 거미의 허기를 흔들었다
코끝에 일렁이는 낯익은 냄새를 속독 중이다

거미의 귓속에
나비 벌 잠자리 풍뎅이 여치 사마귀 하루살이
뼈 없이 날아다니는 것들은
다 들었다
눈 두고 귀로 읽는 거미의 탁월한 독서법
행간이 촘촘한,
거미는 방금 날아든 잠자리 발톱을 읽는다

허공을 일렁이며
날개를 접을 수 없어 파르르 떠는 잠자리를
목을 물고 몸통 쪽으로 읽어가는 거미

잠자리 한 마리를 독파할 것 같은 밤이다

봄, 꽃, 나무

다시 봄이다, 출발이다
결박했던 꽃눈들
툭툭 불거진 성기들
그 속으로 날아드는 몸 부푼 벌 나비들

봄은 매춘의 계절이다

햇살의 빛나는 화대로
잎을 키우고
그늘을 키우고
벌레를 키운다
잘 키운다

나무가
진정으로 팔 것은 그저,
그저 몸뿐이니
달랑하나 알몸뿐이니

붉은빛 푸른빛 펄럭이는 지폐를 척척 새다가
갈색으로 숭숭 뚫려 바람 내통하는 몸일지라도

사타구니 흔들리는 가지에
다시
밤 부엉이 몇 마리 키울지라도

출발
다시 봄이다
빛깔 좋은 향기 덕지덕지 발라
세상천지 어디든
몸, 팔러 가자

숲은 귀를 풀어 새를 키운다

숲에서 막 일어난 새소리가
푸르름에 들던 내 귀를 풀고 눈을 묶는다

여린 부리에 매달려 간당거리는 소리
젖은 혀를 모아 목젖을 당기는 소리
한 생의 절박에다 부리를 벼리는 소리
새는 소리를 파고들어 숲을 키운다.

나무이파리 서로의 몸을 툭툭 치며 일어서는 고요 앞에
내 투박한 발자국이 숲의 고요를 할퀴는 순간

소리가 없다
푸른빛 출렁이는
고요의 깊은 곳으로 내 발걸음이 빠져드는 순간
한 소리의 풍경을 받쳐 오르다 나무 끝으로 사라졌다

한 계절 길 더듬던 우듬지들이 귀를 세우는 사이
새 소리와 내 발자국이 푸르름의 호숫가에 딱 마주치는 순간
얼마나 깊을까 궁금이 물결에 닿기도 전
물결이 귓가에 파동으로 사라지기 전

숲은 귀를 풀어 새들을 키운다

경천댐

하늘은 바람과 해와 귀 떨어진 낮달을 데리고 왔다
물속 달 뒤쪽에서
아이들 책 읽는 소리가 들린다

물결에 귀대고 들어보면 물고기 떼들이
아이들 웃음 속을 수없이 드나든다

동구 밖, 하늘로 발을 뻗은 느티나무는
간간이 찾는 꼬마물떼새와 동네 어르신들의 안부를 전한다
사랑방 할아버지
기침 소리, 고요의 물결 위에서 섬처럼 출렁인다

이곳 사람들은 밤늦도록 머리맡에서
젖은 책장 넘기는 소리를 들어야 했다
발과 손이 전부였던 아버지 어머니의 이야기를
두툼한 물결 속에서 찾아야 했다

고요가 흔들림을 지그시 누르고
이야기 속으로 가라앉았다가
수없이 일어서다 다시 고여 있는 듯

고요가 수평을 재고 있다

책은 두껍고 내용은 여전히 푸르다

아이들 발자국
물고기와 담 모퉁이를 돌며 뛰어노는 소리가
물속 낮달로 돈다

봄을 쓰다

마당 가득 들어서는 봄볕을 거실 안에 불러들이다
소파 위에 누워 눈 한번 떴다, 감다
목련 꽃잎 하얗게 눈 아래 밟히다

쑥쑥 자라는 파란 봄을 마음속 꽃병에 꾹꾹 꽂으리
겨드랑이며 등짝 아픈 줄도 모르리

공원 귀퉁이 파고라 위로
등나무 몸 비트는 물소리 들리다
한쪽으로만 비틀어지는 나선형 줄기 끝에
잎들의 그늘이
봄볕에 몸을 불리다
소녀가 된 내가
그늘을 밥상 삼아 스멀거리는 등꽃 냄새를 먹다

야외수업 나온 공원에
아이들 소리가 성긴 봄볕에 촘촘히 박히다

거대한 앞산을 한입에 털어 넣는 황사 바람에
귀 열었다 닫는 사이
창밖에 사월의 눈 날리다

2부

안녕, 남편

이 책은, 펼칠수록 인생이 야윈다
글보다 더 말라간다
40여 년간 펼쳤지만
한 줄도 읽어 본 적 없는
미지의 내용이 더 암담하다

시험 날은 다가오고
나는 앙칼진 칼로
연필 깎는 시간을 더 늘릴 뿐이다
끼워 넣을 한 세계를 찾지 못하는
미완성의 문자들

문장, 서서히 말라가는 저녁이
책 표지에서 번쩍인다
살아온 날들이
책장에 덜렁거리는 개 같은 날의 오후 세시
쏟아지는 빗줄기가 칼날 같다

책장이 없으면 내 눈이 병신인 줄 알았으리
책장을 넘기는 내 몸이 너덜거릴 때쯤

문장엔 수없이 많은,
아직 쓰이지 않은 내용이 있다는 걸
나를 덮고서야 알았다

안녕, 저 책을 언제 또 읽을 것인가를
안녕, 지금은 생각하지 않는다
안녕, 나의 다음 생에 한꺼번에 몰려올 것들을
안녕, 요약하는 일들이… 더… 안녕

싹트는 남편

전 생애를 걸쳐 남편은 싹을 틔운다

캄캄한 내 가슴을 헤집고 두드리고
하는 날들이 돌아 올랐다

남편을 밥사발로 티브이로 냉장고로
한때는
베개로 하수구 마개로 뚫어뻥으로 썼다
훌렁 벗어 던지지 못하고 내가 늘 뒤집어썼다
쓰레기통에 쑤셔 박아 넣었다
아니다 싶어 꺼내놓으니 싹이 텄다
남편은, 베란다 구석
한 줄기 햇살 따라 올라온 감자 양파의 싹이었다
싹 자르고 저녁 찬거리로 도마 위에 올리니
칼끝에서 죽은 척 노란 얼굴이었다

전 생애가 편하게 보이는 말간 얼굴이었다

3월

당장 이혼이야!

남편을 밀쳐낸 후 창밖을 보니
봄 없이 눈꽃이 왔다
몸에서 잘못 배달된 음성
한 움큼 나를 뭉쳐 봉당 끝에 내놓은 셈이다

눈꽃이 환하게 내 몸을 들여다보는 오후
말도 꽃이라 금세 시드는 걸
마음 녹은 눈으로 이쪽에서 저쪽을 바라본다

3월과 봄의 경계가 사라졌다
경계선 이쪽에 있을 땐 저쪽을 버리려 했던,
눈꽃이 사라져 철벅 철벅 물이 돼버린 바닥은
경계를 지웠다
마음도 경계도 뒤섞여
한 몸이 되어 사라진 오후의 끝자락
이쪽도 저쪽도 아닌 몸으로 경계 위를 걷는다

아침나절 택배차가 두고 간

풀어보지 못한 봄

봄은 마당에서 사각 상자에

벚나무 꽃눈들이 자분자분 몸을 풀고 있다

소파, 그 위의 남편

소파나 싱크대는 남편보다 힘이 세다
화장대나 티브이 속 연속극은
더 사랑스럽다
물론 남편은 소파나 싱크대보다 외롭다
도마나 식탁보다는 더 보잘것없다
달빛만큼의 형광등이
남편의 등 뒤에 떴다가 껌벅 지는 밤의 속이 메슥거린다
깊은 밤의
가슴은 자꾸 찌그러지고 허리는 부푼다
거울 앞에서 치마를 입어보다가
슬쩍 밥솥을, 세탁기를 걷어차다 벗겨지는 발톱의 매니큐어,
뜨개질해본 게 언제였던 가, 스웨터를 풀어서
남편을 다시 짜 봤으면
하는 마음도 어둠 속에서는 풀어진다
문을 쾅 닫다가 뒤꿈치를 받는 아픔이듯
혼자의 저녁은 어김없이 낭패스럽다
아프지 않은 상처가 불안하듯
또 아침은 온다. 그래서 아침은 더욱 힘이 세다
이순의 나이에 남편도 아침도 다 아픔으로 남는다
방안이며 거실 가득

밀물과 썰물의 두께를 가늠하는 저녁의 숨결이
목젖에 가득한 어둠이다
그래서 어둠은 힘이 세다

백내장

눈에서 황사가 온다

3일 전, 아산병원
백내장 제거술을 예약하고 돌아오던 길
빽빽한 풍경의 입자가 눈 속으로 날아든다
뿌연 사물들을 손으로 털며
황사가 걷힐, 침침한 시간을 견딘다

방에 들어서자
화제 경보기도 울리지 않는데
방안에 연기가 자욱하다
코끝을 킁킁거리며 이 방 저 방
불안을 점검한다

봉당엔 안개가 자욱하다
안개 낀 내 오른쪽 길
손이, 발이 오그라들어
굽은 몸쪽으로 파고드는 습관의 일상들
내 몸의 안쪽이 불안하다

>
발끝 손끝으로 더듬거리는 눈
눈에서 발끝까지의 깊이를 처음 알았다
오르내리는 계단 하나의 깊이를
사물과 내 몸과의 거리를
그 사이에서 주저를 키우는 내 마음을
몸 단단할 때도 허방 짚던 세상이 떠오를 때쯤
안개는 나를 풀어 나를 껴안는다

지금이 참 좋다

조기 비늘을 벗기다가
입속으로 튀어든 비린내를 뱉어도
옆집 부부싸움 하는 소리가
장미 넝쿨 가시처럼 담을 넘어와도
오뉴월 땡볕에도
남편 머리 위에 눈발이 흩날려도
몸 구석구석
가을비 수차례 잦아들어도
현대미술관 피카소의 걸작을 읽을 줄 몰라도
양철지붕 비 떨어지는 소리 귀 밖의 소음일지라도
허리춤에서 허드레 숫자가 나날이 늘어가도
일 년을 헐어놓아도 쓸 게 없는 나이가 됐어도

내 생의 귀퉁이가 반듯한 정원에서
꽃들과 놀고 있는

지금이 참 좋다

퇴고

옷 정리를 하기로 했다
꺼내놓으니 수선할 옷들이 많다
수 없는 계절을 건너는 사이
버릴 것을 다시 펼쳐보니
버리기엔 아까운 생각이 든다
소재가 좋다
며칠 동안, 자르고 덧대고
수선 중이다
소맷자락 끝에 달린 길이를 펼쳐놓고
석 자 두 치는 요즘 시대에 걸맞게
마음 맞춰 옷 자르고
몸 맞춰 마음 자르고
과감히 잘라버린다
통바지를 쫄바지로 고치니
의미가 깊어 새 맛이 난다
접근성, 은유법, 표현 양식이 다 좋다
새로운 느낌이다

매일 저녁, 묵은 것을 고치는 일에 돋보기를 낀다
재봉틀 앞에 앉은 내가

20년 세월을 덧대어 기운 옷을
뜯고, 자르고 깃을 **빳빳**하게 세우다가
인터넷을 뒤져 전문가가 지은 작품을 본다
요즘 톡톡 튀는 현대식으로 고치기 어려워
마음 뜯고 몸만 버린다

화장을 하다가

나를 그린다
도화지에 덧칠하고 스케치를 한다
눈썹을 달고 콧대를 세우고 도톰한 입술을 그린다
눈가에 시간 들이 주름 사이에 끼었다

내 생각도 그린다
가장 깊숙한 곳에 정점을 그리고
쉽게 지울 수 있는 자리에
방점도 살짝 찍기로 했다

내가 마음에 들지 않는다
삐딱한 턱선을 입술을 콧등을 눈썹을 되돌아
수십 번 가파른 계단을 오르내리다가
다시 그린 나
내가 누구인지 알 수가 없다
잘 익은 햇살과 바람, 비가 없이도
화장이 될까
내 얼굴에 나를 심는다

한번 (처음) 심은 속눈썹이
더는 자라지 않는다

공터

공터는 봄부터 풀숲을 키우고
풀벌레 소리를 키우고
느티나무는 그늘을 무성하게 키운다

어느 아비가 저리도
비바람에도 수없이 쓰러졌다 일어서는
풀들의 단단한 고집을 키웠을까
공중에 걸어둔 짙푸른 침묵도
바람의 손끝이 닿는 순간, 부산해지듯

멀건 대낮을 포기한 듯
푸른 소주병을 들고
단골집처럼 익숙하게 들어서는 젊은 남자를
공터는 선뜻, 빈 의자 하나를 내어준다
오후, 네 시가 되자 여자들이
한 손은 오이를 들고
또 한 손은 두부를 콩나물을 들고
느티나무 그늘 밑으로 모인다

누가 공터라고 했을까

＞
남편과 머리 터지게 싸우는 날이면
늘 공터를 친구처럼 찾아가
먹구름 같은 속내를 걷어내고 왔다

공차는 아이들 함성이
먼지 씻긴 말끔한 공터를 꽉 채운다

종이상자를 주워 공터 귀퉁이에 쌓아온 노인이
무게도 없는 먹구름을 가득 싣고
수레에 끌려오는 마른 입술이 뻑뻑하게 닫혔다 열린다

내가 공터를 떠나도
오늘은 소주병의 남자가 다녀가고
내일은 내가 또 올지라도

환한 죽음

냉기 가득한 방
노인은 구더기의 어미가 되어 몸을 내어준다
들러붙어 몸을 빠는 새끼들

배 불린 새끼들 허물을 벗고 날아가 버린 지 오래다
허물만 남은 방엔
액자 속 낯선 웃음만 환하게 걸려있다

무소식이 희소식이라며 어미 걱정은 하지 말라던 노인
세상 떠난 지 열이틀이나 지난 시간
늙은 어미의 외로움이 몸속에 가득한 방은
하루 한 끼도 못 먹었을 밥 대신
지독한 외로움으로 꾸역꾸역 속을 채웠다
죽음보다 무서웠을
캄캄한 밤, 추위도 죽음도 혼자여서 적막강산이다

자식들처럼 달려와 준 벌레들로 외로움을 달랬을,
밤낮을 우글우글
상복을 걸친 새끼들의 윙윙거리는 곡소리
몸 삭힌 묵은 향에 주위가 붉다

\>

두꺼운 외로움으로 쟁여진 방안이 들썩거린다
노인의 얼굴이 저리도 환하다

맷돌에 박힌 기억

친정집 헛간 구석에 처박혀있는 맷돌

문을 열고 들어서자
십이 년 만의 짧은 햇살에 두툼한 잇몸이 보인다
무수히 닳은 치아들이
이젠 물의 뼈도 씹기 힘들겠다
바싹 마른 헐렁한 팔을 건드리자
굳어있던 근육이 움찔, 귀를 연다

할머니와 어머닌 부엌에서
퉁퉁 불은 콩알을 맷돌의 입에다 넣어주었다
굽은 등을 한 번씩 폈다 접었다
각진 두부의 모서리가 왜 무른지 알겠다
서로의 손으로 어처구니를 잡고 하염없이
돌의 관절을 풀고 있었다
갈면 갈수록 가난은 묽어지는지
관절 닳는 소리 속에 콩물은 흘렀다
어머니 손길에서 뿌연 콩물만 내뱉던,
치아를 갈았던가 닳았던가, 이가 없는 맷돌
어머니가 평생 키운 건 잇몸이었다

>
치매의, 어처구니없어진 어머니
무엇으로 당신을 돌리시나
잇몸만으로 히히 웃으시는 어머니

아버지의 마지막 출타

이천 년 오월 열이틀, 아침 여섯 시
아버지는 마지막 출타를 서두르신다

아버진 잠시 어디를 다녀오시는지 거친 숨을 몰아쉬며
출발 시각을 조절하느라 눈을 감았다 뜨기를 반복하신다
산소 줄이 목숨줄이라고
콧속으로 부여잡던 아버지가
슬며시 짚불 사그라지듯
보이지도 않는 그림자를 따라 나선다

가다가 돌아서고 또 가고
발걸음이 쉽게 떨어질 리 없다
수십 년, 지게 작대기로 버티며 일어서던 아버지가
몇 년을 잠자던 오른쪽 수족까지 일으켜 버티지만
죽음과 맞서는 일로
누웠던 혈관들이 곤두선다

마지막 힘까지 쏟았지만
그의 힘에 이끌려
삶과 죽음의 경계선을 지운다

>
부모 자식으로 이어온
끈 하나를 잡지 못하고 놓는 일이 배웅이던가

국화꽃 짙은 향기
아버지 가시는 길 배웅이라도 하러 온 것인지
지인들보다 먼저와 일렬로 섰다

아버지 배웅에 삼 이웃이
붉은 등 아래로 모이듯 흩어진다

위내시경

붉은 장미를 증오한다

엄마가 위내시경검사를 받는다
카메라가 내장 속을 촘촘히 촬영한다
잠시, 초점이 고정된 카메라는 붉은 장미를 발견한다
꽃송이가 벙글고 있다

담벼락을 오르며 피어야 할 저 꽃
어디라고 덜컥!*
내 엄마 내장 속에서 피나,

꽃이라고 다 꽃은 아니었다

굽이지고 척박한 길에서 울부짖던
늦은 저녁의 소쩍새 소리를 섞어
밀국수를 삶던
사립문조차 없던 그녀의 삶을 떠올린다

장미꽃을 좋아하는 내가 사치스럽다

>
보릿고개를 넘던 내장 속에
쌀밥 대신 가득 채운 가시 박힌 붉은 꽃

뿌리는 터를 잡고 깊이 박혀
뽑아버리기에 때가 늦었다

모질게 박힌 붉은 꽃
한 아름 안고 가신 그 무덤엔
붉은 노을빛이
철없는 아이처럼 와서 안긴다

* 마경덕의 「무꽃」에서

새순

내 눈 속에서
수백 번은 죽은 남자

죽이는 동안에도
아이 셋이 두 살 터울로 태어나고
잔병치레 없이 잘 자란다

눈빛 속에선 칼날을 휘두르며
감자를 볶고 된장찌개를 끓이고 저녁상을 차려서
수저를 건넨다

수백 번을 죽이는 동안
한 번도 죽어 본 적 없는 남자

눈빛 속 칼날이 무뎌지고
죽이려 애쓰지 않아도
알아서
죽는 척하는 남자

말하지 않은 곳이 더욱 아픈 데라는 걸

말을 건네며 알아가는 사이

마음속에서
수백 번은 죽었다 살아난 남자

하늘을 품은 저수지

경천대 저수지가 하늘을 품었다
벌건 대낮에 한 몸이 되다니

저들 입속에서 부풀었다 터지는 말들은
귓속말 같아서 알아들을 수가 없다
수천 개의 말들이 크고 작은 물방울로
입술에서 달싹거린다

태양이 직선으로 꽂힌 낮 한 시
공중을 버린 청둥오리는 수면 위에 길을 낸다
부리에 낚인 비린내가
허공을 퍼덕인다

저수지가 품은 것이 어디 하늘뿐인가,
가슴이 있는 것들은 다 품는다
마음 깊은 곳엔
가로지른 하늘길을
반쪽이 되어 날아가는 새의 얼굴이 있다

뜨겁게 달아오른 몸을 서서히 풀어놓는 저녁이다

등 떠밀고
근육질 단단한 어둠 속에
밤별을 품은 저수지, 아직 몸은 식지 않았다

산다

산다, 등 터지게 아침 먹고 열두 번도 더 싱크대를 부수고
그릇을 벽에 창문에 설거지통에 던지고
잘 다려진 목덜미를 있는 힘껏 구기고
옷은 걸어두고 남편을 세탁기에 빨고 뒤통수에 눈알 두드리
며 산다
남편의 말을 꾸르륵, 변기 물에 섞어 내리며 산다
이혼을 스무 번도 더 말한 입으로 뻔뻔하게
사랑한다는 말을 서른 번쯤도 더 하고 그러고 산다
밤마다 모서리를 키우는, 아무렇지도 않게 먹는
남편을 매일 한 번씩도 더 죽이고 세상을
남편에게 쑤셔 넣고도, 쓰레기 봉지에 넣고도
봉지가 나를 질질 끌고 가며 풀린 나사처럼 조이며 산다
오른쪽에서 왼쪽으로 기우는
하늘의 구멍 같은 달 속에
남편의 치아며 흰 웃음이며 뒤꿈치까지 쑤셔 넣고 밤을 산다
내가 남편인지 남편이 나인지 아무도 나도 모르도록 산다
산다, 아침이면
그 값이 얼마인지 모르고 묻지도 않고
또 내가 산다. 거울의 때인지 얼룩인지
내 얼굴 앞에 내가 모르는

거울 속, 십 년 전에 죽은 얼굴 없는 내가 선명하게 산다
자다가도 목덜미가 서늘한, 내가 산다
아침 밝은 생이 깊어 비굴한 상처 같은 하루를 산다
살아서 남편을, 서서 세상을 창밖에 툭툭 털어내고
입에서 발끝까지 홀딱 뒤집어서
또 방안으로 기어들어 와 반듯하게 산다

3부

틈

그와 나는 각지다

서로 당기는 사이
찢어진 자리 틈이 생겼다
벌어진 자리는 차츰 커진다
조각조각 덧대고 기워 보지만
뾰족한 부분이 많아
막을 수 없는 틈,

새 친구 하나 들이는 것보다
그와 나 사이 벌어진 틈에
천 하나 단단하게 덧대고, 잇는 것이 더
소중함을 안다

둥근 조각 네모난 조각 뾰족한 조각
조각보처럼 이어보지만
가로 선과 아귀는 늘 어긋난다

옛 친구로 사는 건
포기하고 싶었던 틈 사이에 살짝

조각하나 잘라서 맞추고 촘촘히 박음질하면
둘이 하나가 되어
당기고 밀어도 벌어지지 않는
단단한 그와 나 사이가 되는 걸

둥근 바람이 틈을 메운다

묵란도

갈대꽃을 거꾸로 잡았다
붓이 되어
난잎이 아니어도 휘어진 그림을 그린다

블라우스 앞자락을 들추는 바람을 그리고
나뭇가지 휘어지는 새소리를 그리고
골목을 휘는 아이들 웃음소리를 그리고
두루미가 밟고 있는
굽이도는 강물을 그린다

붓 하나 잡고 먹구름을 찍었을 뿐인데
붓끝에서 세상이 다 휘어지는 그림이 된다

굽어지는 법을 모르던 남편 등이 휘고
풀들이 누우며 바람을 휘고
아카시아 나뭇가지에 얹힌
고음과 저음의 새소리가 휘어지며
그림이 된다

붓을 놓고 바라본 앞산에서
부엉이 소리가 휜다

철없이 핀 꽃

엄마 얼굴에 편지가 왔다
검은 우표, 검은 소인이 찍힌

어떤!
철없는 내용 들이 엄마 얼굴에
향기도 없는 저승꽃으로
편지를 띄웠을까

그늘 한 평 펼쳐본 적 없는 가을볕에 그을리고
세찬 바람에 뒤챈 꽃잎들,

한동안 못 본 사이

검버섯 위에 엄마의 얼굴이 환하게 피었다

주흘산을 오르다

이승과 저승의 벽을 번갈아 오르며
살아 있어 숨 넘어가던
초행의 등산길

깊은 산 갈래마다 나뭇가지에
가쁜 숨과 숨 사이를 묶어 놓았다
누군가 다녀간
빨강 노랑 파랑의 흔적들

어느 쪽으로 올라야 내 숨길 덜컹대지 않을까
생각하다가
맞아! 그쪽은 생의 막다른 벼랑
생각하다가 깊은 들숨 속에 혼자 웃다가
가는 길보다 쉬는 길이 더 다급한
고라니 뱀 경계를 겹겹이 둘러친 조릿대 숲을
후들거리는 가슴으로 오른 산

내려오는 길은
굴참나무 속 한길 깊은 물 흐르는 소리도 듣고
쏙쏙 자궁 속을 빠져나온 상수리도 보고

산 중턱 절집 추녀 끝에 매달려
속도 숨도 없어 더 오래 살아가는 물고기를 보다가
내가 숨을 내쉬었는지 들이쉬었는지 기억도 없어
혼자 웃다가

벼랑이 키우는 여궁폭포 물소리를 보다가
숲을 한 계단씩 내려선다

영강, 겨울을 견디다

십이월
새벽 시간 들이 웅크린 강변엔
아직, 참붕어 떼들의 지느러미가 곤두섰다

깨어진 얼음 사이에 꽂힌 햇살
여러 갈래로 퍼져가는 표정이 눈부시다

십이월의 마지막 날
밤새 먼 길을 내려온 눈을 발끝으로 만진다
한해를 털어내듯 마지막 흔적을
말끔히 지워놓은 백지 위에
기울어진 구두 뒤축은
지울 수 없는 나의 문신을 새긴다

강태공은 두꺼운 물결을 깨고 있다
미늘에 낚일 것을 알 리 없는 부동자세
부력의 힘을 다하는 참붕어, 눈뜨는 사이의 시간은 짧다
날렵한 꼬리는 후륜의 힘이 빠져나간 지 오래다

추운 밤을 견디는 달빛이 깨진 얼음 사이에 끼었다

바람은 간간이 내린 눈을 다시 날리고
눈발에 묻어온 시간 밖으로
강변 둑 갈대는 마른 몸에 바람이 서걱거린다

툭툭, 힘줄 불거진 죽은 나뭇잎들이
눈 덮인 강둑 밑에 봉분처럼 쌓였다

연, 하늘을 날다

겨울이면
방패연이 하늘을 난다
지평선 자락을 박차고 날아가는 연

얼레를 풀었다 감으면
하늘 높은 줄 모르고 솟아오르는
기세등등한 연

한순간
기세를 꺾는 역풍에
높이를 버리고 추락하는 저 방패연
낮은 몸이 되고서
높이 오르면 바닥도 아찔한,
내려갈 길은 벼랑이란 걸

높이 오르면 오를수록
내려갈 시간은 더 가까운 길
그걸 모르는 내가
언제나 저 방패연처럼 늘 높이 오르려 꿈을 꾼다

\>

추락하고서야 벼랑의 깊이를 안다

추락을 꿈꾸지 않는
겨울 하늘엔 늘
내 어릴 적 방패연이 높이 떠 있다

시, 탄생하다

하늘을 누가 푸르다고 했는지 골똘히 생각하다
푸른빛도 부서지면 하얀 구름이 되다

길을 걷다가
나뭇가지에서 오체투지를 하는 자벌레의 고행을 보다

날아가는 두루미의 한쪽뿐인 얼굴이
왜 하필 왼쪽일까를 생각하다

바람에 달랑거리는 옥수수꽃과 열매의 거리가 멀다고 생각하다

잠자리난초꽃, 날개 달린 비상의 꿈을 분석하다

거꾸로 들면 붓이 되어 풍경화 한 점
걸작으로 그릴 것만 같은 억새꽃을 보다

까치울음에 기쁜 소식이 매달려
살구나무 가지가 찢어질 듯 휘어진 걸 보다

119 신고도 없는

걷잡을 수없이 활활 타오르는 불길 속의 저녁 하늘을 보다

국경을 넘어 날아온 황사의 고된 날개를 확, 꺾어버릴까 하다

문풍지의 소란함을 밤새 기웃대는 바람 소리
늙고 배고파 징징대는 냉장고 소리
뻑뻑한 관절로 늙어서도 바람을 피우는 선풍기 소리

꾹꾹 눌러 담은
무수히 많은 사물을 쏟아놓고
하나의 퍼즐과 또 하나의 퍼즐로 깊은 관계를 맺는,

도깨비바늘

이맘때
친정집 마당에 들어서면
늙어 꼬부라진 도깨비바늘이 왜 그리 많은지
한 발짝 들여놓기가 무섭게
착착 달라붙는다

소맷자락 바짓가랑이 운동화 끈
어디든 닥치는 대로 붙잡는다

눈 하나 귀 하나 팔다리 하나도 없는
고스러지게 영근 까만 씨방

칠월 땡볕에도 씨앗을 품고 죽을힘을 다해
어디든 따라붙어 쏟아낸 비명으로
식솔들 둘러앉아 뿌리박고 살고 싶은
꿍꿍이가 달라붙는다

집안을 한 바퀴 둘러보는 사이
야무지게 바짓가랑이를 잡는다

\>
속살까지 휘어잡은 손을 떼는 순간

치맛자락을 잔뜩 움켜쥐고
우는 손을 매정하게 떼어놓고
홀연히
뒷산, 굴참나무 밑으로 들어가신 엄마

어린 시절이
도깨비바늘처럼 붙어있는 마당 가에서
잡은 손을 억지로 떼는,
저들의 아우성이 들린다

단상

바람

쿨럭거리던 할아버지와 내 어린 추억과 내통하는 자는 어떤
관계일까

수목장

지근지근 늙어가는 굴참나무 둥치와 새순으로 돋는 우듬지가
그녀에겐 삶의 전부다

은행잎

순간의 하늘이 뚝뚝 진다
내 죽음이 나를 엿보고 있다는 걸 잠시 방관했다

하루살이

세상의 죽음은 어디에든 한 번쯤 다녀갔지만
하루를 몽땅 버리는 일이 있어도 날개는 퍼덕여야 한다

\>

마네킹

속없이 출구 없이 살았다
등짝에 촘촘한 핀을 꽂아서 내게는 헐렁한 옷이다

신발

누군가의 발자국을 너무 세게 디뎠다
닳은 뒤축이 한쪽 귀를 들어 먼 곳을 본다

걸음마

수평선을 목적지로 정했으니
당당하게 가고 싶은 수직이 있다

손금

어느 길로 들어서야 내 생에 뻥 뚫릴 것인가
손바닥 안에서 길을 헤맨다

눈물이 가는 길

병원에서
왼쪽 눈물길이 없다고 했다
눈물도 제 길이 있어야 한다고

몸의 안쪽 샘에서 솟는 눈물이
길도 없이 어디로 흘렀을까

없는 길을 찾느라 방황하며 헤맸을 눈물
눈가에서 서성인 육십 년 세월
길 없이
겉돌던 눈물이 끈끈하다

길을 만들어 주기로 했다
자르고 뚫고 좁은 길 하나를
새로 내주었다
졸졸 흐르는 눈물이 나를 통과한다

이정표도 쉼표도 같이 흘러
몸 안, 가득 고이는 길

공

엄마가 코끝을 땅에 박고
느린 걸음으로 구르듯 온다

공처럼
굽은 등이 되기까지
오랜 세월 허공에 짓눌렸을까

그녀는 등속에
자식들을 숨기고
비탈밭을 숨기고
오뉴월 땡볕을 숨기고
팔십 년 세월을 빵빵하게 숨겼다

땅속으로 스며드는 몸을
칠십 센티 지팡이로 밀어내며 애쓰는 그녀의
눈 속에는

하늘이 없고
앞산이 없고
푸르름도 없고

오직 땅바닥만 있다

땅속에
자신을 심고 있는 여인

둥글게 둥글게
씨앗이 되고 싶은 여인

묵은 된장

팔십 년 가까이
장을 다듬이질하는 여인이 있다
심장이 됐다가, 된장이 됐다가
곰삭을 때로 삭아
금 간 늑골 사이로 삐져나온 소금쩍이 하얗다

쓸개 한쪽은 떼어버린 지 오래다
한 세월 밟고 온 묵은 길 같이
햇볕에 곪히며 길든 군내를
가슴속에 품고 삭히고 있다

언제나, 풍경의 배경이 된 여인

누군가 손을 넣어 가슴을 헤집고 주물러
꼭꼭 다진 자리마다
그림 한 폭이 누런 노을을 놓고 간다

장맛은 묵은 게 제맛이라고
귀먹고 눈멀고 말 못 하는 냉가슴을 삭힌 맛일까
툭툭, 상처를 뜯고 있다

하늘이 솟구쳐 땅을 찌르는 아픔을
꾹꾹 누르고 있다
속내를 알 길 없는 봉숭아 씨앗
톡톡거리고
두 살배기 눈동자보다 더 까만
어둠을 내뱉으며 안부를 묻는다

이따금 씩 건너가는 바람이
무덤가에 서성거리는 묵은 향을 핥고 있다

벌집을 건드리다

한겨울밤
벌집을 건드렸다

만취한 남편 위로 쓰러진 잠
코 고는 소리, 치아 부딪는 소리
낮 동안 다 하지 못한 헛소리까지 모여들어
벌집을 짓는다

허공을 뒤덮은 어둠을 뚫고 불거진
벌집을 건드리고 말았다
왕 왕 왕 뾰족한 말들이 쏟아져 나와
귓속으로 귀 밖으로 가슴으로 날아와 박힌다

저 소리는 굽어지는 법을 몰라 높이 자란다

우리는 사랑과 혁명을 도모하기엔 위험한 사이
술 좋아, 친구 좋아
다혈질의 그와 내가
노후를 필사하는 일은 어긋난 일

\>

한때는, 설익은 눈빛으로 서로를 탐색하던
푸른빛 남방 안에서 불끈대던 근육질
새까만 눈썹에 치아가 가지런한,
둥글둥글 굴러가던 그가
사십 년을 벼린 뾰족한 침으로 무장한
땡벌이 되었을까

왕왕 소리 잠잠해지자
욱신거리는 마음 안에서 주먹을 꺼냈다
죽음 속을 넘나드는 그를 보며
허공에 대고 종주먹을 날린다

하루살이

밤에 태어났는지 이른 아침에 태어났는지는 모른다
스물다섯 번의 허물을 벗고 날개를 달았어도
내일을 모르는 하루살이들

아침에 피었다 저녁에 지는 나팔꽃도 있다

수명이 백세를 넘어가는 인간에게도
하루살이보다
더 짧은 생이 있다
눈도 뜨기 전
사는 것보다 죽는 것부터 먼저 알고 간 아이
지금도,
그 아이가 자궁에서 돌아눕는 죽은 시를 쓴다

여름날 아침
어제를 산 하루살이 주검이
창 밑에 봉분처럼 쌓였다

바람 인형

바람이 잔뜩 든 여자
바람이 눈이고 소리고 콧대인
몸 안, 밖의 일이 온통 바람인 저 여자
가슴 가득 바람을 불어넣어
몸을 일으키는
세상의 바람만이 뼈임을 온몸으로 느끼는 여자

환한 목련꽃이 가지 가득 물을 뿜어 꽃잎이 절정이듯
도심 가득 사람들을 풀어 표정들이 혼연히 피어나는 거리
한사람이 홀로 절정이 되게 할 줄 아는 거리
한 발짝도 몸 옮길 줄 모르는 저 여자도 살아가는 거리

낮 일을 못 하는 여자는 밤일도 못한다는
상사에게 대들다 해고 통지받고 돌아서는 저녁
공장 돌아 도심 어디에도 몸 들일 곳 없는 거리

알량한 관절을 꺾어야만,
길가는 사람들을 유혹해야만 하는 인형의 바람이
더욱 팽팽해지는 저녁
붉은 노을빛에

몸 두고 얼굴만 벌겋게 달아올랐다

몸뚱이가 온전히 서기까지 절정에 이르기까지
쓰러질 듯 주저앉을 듯
구겨진 마음의 관절을 접었다 펴는 데는
저만큼은 능숙해야지
말랑한 구름이 잘 익은 달을 낳지

생각하다가도 깨끗한 불빛이 서러운 여자

길

상춧잎에 길이 났다
이 길은 밤새 누가 내었나
갓길 쪽으로 연한 햇살이 비친다

어디를 밤새 길을 내며 갔을까
이파리 속에 얽히고설킨
살기 위해 기고 또 기었을
상춧잎과 벌레의 관계로 이어진 길

정지선도 없고 건널목도 없고
과속 방지턱도 없는 길이 나 있다
저 달빛은
도면도 없이 길을 낸 지난밤의 사연을 아는지
누구도 갈 수 없는 길을 낸 노동의 값은
몸통을 불린 것으로 이미 받았을 것이다

아침부터 늦은 저녁까지 운전대 잡은 남편을
길은, 진종일 끌고 다닌다
끌려다니는 동안 나는,
밥 먹고 꽃을 키우고 편안하게 낮잠을 잔다

\>

푸르고 붉은 질서들과

일분일초의 양보도 없이 팽팽하게 싸우던 남편

바짓가랑이에 묻은 길의 잔해를

툭툭 터는 소리에

압력솥에선 숨 가쁘게 밥 냄새를 내뿜는다

4부

2박 3일의 외출

초이스병원으로 왔다

침대 하나 티브이 하나 소파 하나
속 빈 냉장고가 징징대는
큼직하고 깔끔한 입원실
벽 가운데
바깥풍경이 커다란 액자로 걸렸다

통증을 견디느라 종일
누웠다 일어났다 휴대전화를 뒤지다가
카친이 보내온 시를 읽는다
서둘러 나서느라
시집 한 권 챙겨오지 못한 걸 알았는지
여러 편 보내왔다

어느 시인이
안경은 두 다리를 귀에다 걸치고 있다고,
글 읽는 나에게도
그는 두 다리를 내 귀에 걸치고
내 눈 위에 또 하나의 눈을 얹었다

초점이 안 맞으면 다시 올려주는 내가 고마울 테지만
나는 그에게 더 감사하다
글자 하나 빠트리지 않고 선명한 나를 읽어주는 그가
더없이 고맙고 또 고맙다
하루에도 몇 번씩 그와 나는 한 몸이 되어
시를 읽고 또 읽는다

시 속에 첩첩 머문다면
아린 통증을 내모는 일에
나를 몰입하는 것일까,

그늘의 노동

내 고향 젯말, 동네 어귀에 들어서면
오백 년을 사는 느티나무가 있다

매년, 늙은 나이에도
그늘을 키운다

정오 빛을 무겁게 받아 얹었다

수면 양말을 신지 않아도 안대를 끼지 않아도
그늘을 베고 누운 아버지 단잠이 있다
일없이 다투는 몇 번의 장기판 위에 환해지는 그늘
바람과 함께 잎이 키운 그늘은 늘 간당거린다

나뭇가지 사이로
해와 달이 수없이 드나들던 길
상처가 상처인 줄 모르고
나뭇잎은 그늘 속에서
또 얼마나 많은 벌레를 키워 날개를 달았는지

그늘을 키우면서도 노동을 모르는 나무

>
새들의 부산한 날갯짓에
그늘의 노동이 한 뼘씩 늘어난다

내 엄마, 구절초꽃으로 피다

음력 구월 구일
아홉 살 적,
엄마를 따라 구절초꽃을 따러 산에 갔었네

가을 한 철 두근거림으로
꽃은 뜨겁게 피네

꽃으로 살아온 한 시절들
뜨거운 다관 속에서도 꽃향기는 스미어
모락모락
허공으로 발설하는 몸속의 비밀들

그 순간
다관 속을 둥둥 떠올라
산천으로 돌아가려는지
오므렸던 꽃잎들 한잎 두잎 오금을 펴는 아침

절절 끓는 아랫목에서 엄마가
구겨진 관절을 펴네
굽고 불거진 빳빳한 뼈마디가 낱낱

중천으로 가는 해를 수면으로 가두네

굽은 등을 꼿꼿하게 세우고
하늘과 가까워진 엄마가
이승의 둥근 시간을 직선으로 펼치는 건
꽃이 되려는 것이었을까

따뜻한 봄날

쑥박골* 산천에 엄마를 묻고
꼭꼭 밟고 왔네
작년에도 올해도 가을이면
산천에 깊숙이 뿌리내린 엄마가
하얗게 구절초꽃으로 피네

* 상주 고향에 있는 골짜기

뇌졸중

그녀가 여든 넘은 나이에 바람이 났다

걷잡을 수 없이
그녀의 몸속에서 이는 바람에
티브이가 냉장고가 싱크대가
집이 통째로 흔들린다

손끝이 야무지던 살림살이도 두 손 놓았다
누가 그녀를 바람 들게 했는지
엄마 곁에 누우니 멈출 줄 모르는 바람이 낯설다

표독스러운 얼룩무늬 자칼을
한쪽 팔 한쪽 다리에 품고 있다
정신줄 끊어진 몸
주저함도 없이 남편 심장에 비수를 꽂는 바람

입안을 맴돌다 혀끝에 머문 기억 속에서
꽉 찬, 그녀의 생각을 내뱉는 느낌 느낌표!

이 순간도
아산병원, 명동 한의원, 명약 처방을 끌어와
그녀의 바람을 잠재우고 싶다

조밥

하늘빛 노란 긴긴 시간이
쑥 들어간 엄마 눈 속에 그렁그렁 고였네

흰쌀 한 톨 구경도 못 하고
서숙 농사가 풍년이었던 그해 봄
낮은 점점 길어지네
묶여있는 저 개에게도
컹컹대는 허기는 무겁게 매달려
뱃속으로 달려드는 저녁

후 불면 날아가는
조밥을 먹네

누가 이런 밥을 입이 까칠다고 했을까

작은 밥알 한 톨 남기지 않고
부레 같은 뱃속을 채우고 있네
노란빛이
꽃다지 향기로 피어오르는 밥상머리에서
잔잔한 날실로 긴 봄날을 짜네

파실파실한 조밥을 꿀맛으로 알고 먹는
자식들을 바라보는

수척한 엄마
골진 주름에 담긴 봄날이
꽃샘추위를 하네

술이 엄마를 발효시키다

술독 속에 엄마가 들었다

술을 빚던 그녀가
그 술에 단단히 멱살 잡혀 발효된다

술에 취한 아버지가 검은빛으로 발효되고
언니와 내가 노랗게 발효되는 시간이다

아버지 내장에서
술은 언제나 엄마와 언니와 나를 발효시킨다

한 모금 술도 못 마시는 엄마는
술 냄새에 늘 젖어있다
덜 익은 상처까지 싸안고
매일 밤 한숨만 삭히는 그녀

칠십을 못 넘기고
발효되지 못한, 검게 삭은 심장을
병상에서 꾹꾹 다지는 중이다

\>

아버지가 마시는 술잔 속에

엄마는 부글부글

기포로 다시 올라오고

바닥을 외면한 신발

내 걸음의 무게는 어디쯤일까
이렇게 가벼운 발걸음을 지금에야 알았다

까만 운동화 한 켤레, 내게까지 오는 데는 14년

이 속에 아버지 날품 사흘이 들었다
땡볕에 벗겨진 속살은 또 얼마나 될까
허리를 수백 번은 구부렸을

철없는 나는
학교 가는 길
마음에 날개를 달고 바람처럼 날아간다
아버지, 앓는 소리 방안에 가득한 밤에도
운동화를 안고 잠들었다
헤지고 헐렁하고 색깔마저 바랬지만
둘은 서로를 버리지 않았다

지난해
아버지 새 구두 한 켤레 사드리던 날
그을리고 투박한 웃음을 봤다

>
그 구두 윗목에 얹어놓고
고무신만 신고 다니던 아버지

뒤축도 닳지 않은 구두
아버지 돌아가시던 날도 태평스럽게
윗목만 지키고 있다

마네킹

빈집 한 채 서 있다

심장도 늑골도 생각도 없다
숨소리 하나 없는,
대나무 통 같은 속으로 사는 여자

유행을 당기는 옷을 걸치고
광대뼈 없는 웃음으로 포장된 저 안의 비밀을
수시로 통과하는 불빛은 안다
굽어본 적 없어 꼿꼿한,
다갈색으로 가을을 앞서가는 여자

나도 쇼윈도 속 마네킹

밥 없이 속없이 출구 없이 살면서
머릿속은 늘 허전하게
옷만 걸친 마네킹으로 살았다

색깔도 없는 설익은 웃음을 입가에 들이고
누구에게나 탄력 없는 웃음을 흘린다
헐렁한 웃음 앞에
마음보다 속이 더 허전한 여자다

손금

얽히고설킨 길
더는 뿌리내릴 수 없어
손톱을 물어뜯으며 우측 깜빡이등을 켰다

내비게이션도 읽지 못하는
손을 펴놓고 내가 가고 있는 길을 짚어본다
가을 풍경들이 쓰러지며 길을 끌고 달린다
나와 운명이
열두 시에 포개지는
시곗바늘처럼 엉겨있다
어느 길로 들어서야 내 생의 뻥 뚫릴 길인가
손바닥 안에서 내가 헤맨다

스물둘, 먼 길을 나선 내가 지름길을 비켜왔다
먹구름의 무덤 같은
반평생을 돌아 돌아왔지만

아직, 저만큼
확대경을 끼지 않아도 보일 것 같은
길게 이어진 운명선

이탈하지 않고
속력을 버리고 천천히 간다

내 운명을 결정지은 건
움켜쥔 주먹 속에 선명한 길이다

낚시

그의 눈은 탐조등이다

흔들리는 미늘은 연신 밤을 낚는다
직선과 곡선이 나란히
허공을 받드는 낚싯대

눈은 팽팽한 어둠의 중심을 통과해야 한다
물고기들의 잠을 읽을 수 있는 귀는
물낯쪽으로 기우는 중이다
지느러미보다 더 날렵한 촉은 좌우로 뻗어간다

이마 위로 스며든 어둠을 밀고
달빛이 잠깐 낚시터에 다녀간다

그와 낚싯대가 서로를 버리고
노숙하는 밤

빅뱅

마루 끝에서 먹구름이 인다

한 여자 앞에 서 있는 여자의
한쪽 귀로 몰려가 쌓이고 있다
여자의 가슴 한쪽이 두엄처럼 높다
늙은 암탉이 발톱으로 두엄을 파자
구더기 같은 낱알들이 기어 나온다

한숨 소리 흥건한
뒤척이던 묵은 밤이 뜬눈으로 아침을 맞는다
가냘프게 이어지는 엄마의 심장 소리
아들 못 낳는 게 어디 여자만의 탓이랴

삼대독자 가문에 셋째 딸로 태어난 날, 난 서러워 울었다
봉인된 말들이 어둠으로 가득한 엄마의 신음은
매듭 없는 끈처럼 길다
울음이 몸속의 하수구를 타고 내달린다

김씨 집안 대 끊어진다!
할머니 혀끝에서

오후 세시의 땡볕이 송곳으로 꽂히는
주춧돌이 뿌리째 흔들린다

독한 냄새를 껴안고 벼랑 끝에 서 있는 여인

외줄에 걸린 빨래가 짜내는
눈물을 핥는 오후 빛의 혀가 뜨겁다

독설로 불거지는 핏대 위로
거친 숨결이 인다

무게를 견디는 두툼한 구름이
조각조각 몸 부서져 흘러내린다
천둥 번개를 동반한 할머니의 위력은 멈춤도 없이
엄마 가슴을 관통한다

셋째 언니

그녀의 시간은 멈췄다
이십 년 전 사월 열 이틀날
닫힌 시간 안에서
그녀와 죽음이 껴안고 있다
여백 없는 빽빽한 생이 박힌 표면 속
팽창하는 그녀의 등 뒤엔
목련꽃 등촉이 봄볕에 몸을 열었다
하얀 속살, 그녀의 품속은 잠시나마 따뜻하다

가끔은 끊어질 듯 신음을 내고
무뚝뚝한 바람이 지나간 자리
손끝에서 튕겨 나간 기억들이 분주하다

화사한 웃음도 잠시
퇴색된
그녀의 웃음 곁에
몸이 빠져나간 헐렁한 몸짓
팽팽한 정적을 품고 늙어가던 시간들
바람은 그냥 두지 않는다

\>

열매를 달아본 적 없는 저 나무
꽃만 피다 진다

피기 위해 진 꽃
그녀가
지기 위해 피었다

짖는다, 개가

강약을 조절하며 짖을 때마다
문쪽으로 가는
내 눈과 발

대문이 없는 집에서 초인종으로 사는 동안
주는 밥 먹고 해야 할 일이라곤
짖는 일이 밥값을 하는 것으로 생각했을까
열두 개의 귀를 세우고
발걸음 소리 하나도 놓치지 않는다
주객을 구분할 줄도 안다
절반의 각도로 기우는 주인의 발걸음 소리는
안쪽으로 스민 기별에
바깥쪽 문은 카드를 대지 않아도 열린다

거센 바람은
양철지붕을 앙칼지게 물어뜯고
그 소리에 자지러지게 짖는 개는
곤한 밤을 벌떡벌떡 일으킨다
소리를 소리로는 가둘 수 없는 것
저 개의 귀를 가두기란

바람의 넓은 통로가 좁아지기만 기다리는 일
몇 번을 일어섰다 누웠다 하는 사이
그 소리로부터 몸 일으키는 잠에
길들고 있는지도 모른다

바람이
거대한 날개를 접은 새벽녘에야
반듯하게 잠 한숨 눕힐 방바닥 한 자락 펼쳐놓는다

장례식장에서

죽은 자의 밥상이 걸판지게 차려졌다

이승을 접고도
환하게 웃는 사진 앞에서
우는 사람
엎드려 절하는 사람
웃으며 밥 먹는 사람이 있다

장례식장에 온 사람은 안다
죽은 자가 산 자를 맞이하는 일이
먹고 마시고 이리도 걸판진 일인지
발자국을 포개며 조등 밑으로 몰려든 사람들
그의 마지막 술상을 밤새도록 퍼마신 허기 속으로
새벽은 뜬눈으로 시퍼렇게 달려든다

죽음으로부터 이생은 철저히 버려졌다

발목, 뚝뚝 잘린 국화꽃 수백 송이가
바람과 햇살 없이도 향기는 넓게 출렁이며
이틀 밤을 묵고 있다

폭염

몸 바깥쪽도 몸 안쪽도 스멀거린다
벗지 않고는 견딜 수가 없다

너와는 초면도 아닌데
벌겋게 달아오르는 얼굴이 화끈거린다
혀끝이 타들어 간다
입안에 고인 단내가 내장까지 뻗어
이마 위로 등줄기로 비지땀이 흐른다

한껏, 달아오른 몸
주체할 수 없어
빗장을 지르듯 꼭꼭 채워진 단추를 풀고
몸을 꺼낸다
너를 품는 일이 이리도 몸 뜨거운 것인지

내 몸을 폭군처럼 달군
몇 날을 풀무질만 해대는
근육 불거진 넌?

토막사건

위아래가 잘린 나무들이 차에 실린 채
화장장을 기다리는 시신들처럼 공장 앞에 줄지어 서있다
머리와 다리는 어디에 버려두고 몸통만 남았나

뉴스에서 엽기적인 토막살인 사건이 보도되었다
피의자는 톱날로 나무 자르듯 사지를 잘랐다고 했다

나는 토막 난 저 나무 아래서 순간 정신이 아득하다
밝은 빛을 완강하게 막아선 벽처럼
눈앞이 캄캄하다
이쪽과 저쪽이 갈린 몸들
이제는 빛 쪽으로도 어둠 쪽으로도 섞이지 못하는 몸통들

저들은 애당초 한 몸이었을 이파리와 가지들은 어디에 버렸나
삶과 죽음을 나누는 법에 이토록 단호한 방식을 선택한
나무, 정연해서 단정한 모습들
귀를 가까이하자
혹독한 휴식에 묶인 영혼들이 뒤척이는 소리가 들린다

몸뚱이 부서져 백지가 될 때까지

얼마나 더, 토막사건 보도가 있어야하나
사지가 뿔뿔이 흩어진 영혼들은 어디로 가고 있나

다리팔 버리고
몸통 버리고 그저 손가락만으로
몇 글자 끄적이는

토막 난 사각의 백지에 내 몸이 푹푹 빠지는 밤

시작 詩作: 소리의 풍경과 생의 율동

고명철 문학평론가·광운대 교수

시작 詩作: 소리의 풍경과 생의 율동

고명철 문학평론가·광운대 교수

1.

감각은 유무형의 존재들과 만나 신체에 첫 반응으로 드러난다. 그 반응은 신체의 매우 민감한 센서 역할을 하듯, 인간의 감각은 사유와 긴밀히 관계를 맺으면서 감각의 주체 또는 세계와 소통의 길을 낸다. 시인의 감각도 크게 다르지 않다. 다만, 시인의 감각이 소통의 길을 내는 과정에서 개별 감각이 거느리는 경험과 그것의 경계를 넘어 상상력의 지평을 심화·확장시킨다는 점을 유념해야 한다. 우리가 시인의 감각을 주목하는 것은 바로 이러한 이유 때문이다.

그렇다면, 김선옥의 시세계에서 예의주시해야 할 감각은 어떤 것이며, 그의 시적 상상력의 지평은 어떤 시적 매혹으로 충만해 있을까.

2.

김선옥의 시들을 곰곰 음미하면서 그의 시가 지닌 청각의 심상에 귀를 기울이는 것은 물론, 청각과 어우러지는 다른 감각의 배합 속에서 포착되는 시적 진실의 힘은 배가된다.

숲에서 막 일어난 새소리가
푸르름에 들던 내 귀를 풀고 눈을 묶는다

여린 부리에 매달려 간당거리는 소리
젖은 혀를 모아 목젖을 당기는 소리
한 생의 절박에다 부리를 벼리는 소리
새는 소리를 파고들어 숲을 키운다.

나무이파리 서로의 몸을 툭툭 치며 일어서는 고요 앞에
내 투박한 발자국이 숲의 고요를 할퀴는 순간

소리가 없다
푸른빛 출렁이는
고요의 깊은 곳으로 내 발걸음이 빠져드는 순간
한 소리의 풍경을 받쳐 오르다 나무 끝으로 사라졌다

한 계절 길 더듬던 우듬지들이 귀를 세우는 사이
새 소리와 내 발자국이 푸르름의 호숫가에 딱 마주치는 순간
얼마나 깊을까 궁금이 물결에 닿기도 전
물결이 귓가에 파동으로 사라지기 전

숲은 귀를 풀어 새들을 키운다
―「숲은 귀를 풀어 새들을 키운다」 전문

시적 화자는 "숲에서 막 일어난 새소리"를 듣는다. 소리를 상상하건대, 그 새는 갓 태어난 작고 여린 생명으로서 생의 순간들을 숲 세계에서 살아야 한다. 말하자면, 숲이 새의 생명을 키워낸다. 하지만 생의 양육은 이렇듯이 일방통행이 아니다. 숲이 그의 품 안에서 숲 속 생명을 키워내듯, 숲 속 생명들도 숲을 키워낸다. 시인은 이것을 소리로 포착한다. "나무이파리 서로의 몸을 툭툭 치며 일어서는" 숲의 생장, 이 아주 작은 생명의 움직임을 '툭툭 치며 일어서는'이란 생의 율동의 소리와 촉각으로 감지한다. 그러니까 숲과 숲의 생명은 서로를 키워내고 있는 생명의 감각들에 정직하고 충실하다. 여기서 주목하고 싶은 시의 장면이 있다. 이 모든 것은 시적 화자가 고요한 숲에 발을 들여놓으면서 새롭게 감각한 것들인데, "내 투박한 발자국이 숲의 고요를 할퀴는 순간" 숲 속 예의 소리들이 사라지고 만다. 이내 "소리의 풍경"도 사라진다. 그리고 "고요의 깊은 곳으로 내 발걸음이 빠져"들며, "푸르름의 호숫가에 딱 마주치는 순간" 호수의 "물결이 귓가에 파동으로" 감지되는 숲 속 또 다른 경이로운 소리의 풍경을 시적 화자는 보고 듣는다. 고요한 숲 깊은 곳에 오롯이 자리하면서 물결을 일으키고 있는 호수도 "푸른빛 출렁이"듯, 숲을 키워내고 있는 것이다.

이렇듯이 김선옥의 청각은 뭇 존재의 관계를 보증하는 구체적 생의 감각으로 충만한 채 세계의 내밀한 생의 율동을 포착한다. 그것은 시인이 세계의 "파장을 읽느라 몰두하는 귀"(「거미의 독서법」)를 통해 상상력의 지평을 일궈나가는 것과 결코 무관하지 않다. 가령, 무슨 영문인지 모르나 짐작하건대, 댐수몰 지역을 고향으로 둔 시적 화자는 잃어버린 고향을 상상력의 지평에서 세밀히 복원해낸다.

> 하늘은 바람과 해와 귀 떨어진 낮달을 데리고 왔다
> 물속 달 뒤쪽에서
> 아이들 책 읽는 소리가 들린다
>
> 물결에 귀대고 들어보면 물고기 떼들이
> 아이들 웃음 속을 수없이 드나든다
>
> 동구 밖, 하늘로 발을 뻗은 느티나무는
> 간간이 찾는 꼬마물떼새와 동네 어르신들의 안부를 전한다
> 사랑방 할아버지
> 기침 소리, 고요의 물결 위에서 섬처럼 출렁인다
>
> 이곳 사람들은 밤늦도록 머리맡에서
> 젖은 책장 넘기는 소리를 들어야 했다
> 발과 손이 전부였던 아버지 어머니의 이야기를
> 두툼한 물결 속에서 찾아야 했다
> ─「경천댐」부분

 시적 화자는 수몰된 고향의 이곳저곳에서 들려오는 소리를 통해 상실한 고향의 정겨운 풍경을 되살린다. 비록 "아이들 책읽는 소리"와 "아이들 웃음", "사랑방 할아버지/ 기침 소리", "젖

은 책장 넘기는 소리", "아버지 어머니의 이야기" 등의 소리가 빚어내는 고향의 아우라는 소멸되었지만, 시인은 "두툼한 물결 속에서" 펼쳐지는 상상력의 힘으로 보란 듯이 고향의 존재를 청각의 심상으로 기억한다. 흔히들 근대 서정시의 주류적 감각으로 시각을 중시 여기면서, 근대 세계의 일상을 시각으로 형상화하는 데 주력하고 있다면, 김선옥 시인의 경우 예의 시들에서 살펴보았듯이 청각을 핵심적 감각으로 하는, 그래서 청각으로부터 심화되고 확산되는 상상력의 지평은 생을 서로 돌봐주고 키워내는 관계의 가치를 상기시킨다. 수몰 지역 바로 그 물 속에서 녹아 흐르고 있는 고향의 그리운 소리들을 듣는 시인의 청각의 비의성은 이를 뒷받침해준다.

3.

그런데, 시의 감각적 측면에서 청각과 관련하여 우리가 주목해야 할 것은 소리를 매개해주는 '바람'에 대한 시적 상상력이다. 이것은 「바람」이 이번 시집 맨 앞에 편집된 것에 대해 생각하도록 한다. 시적 화자의 유년 시절 바람이 들고 나는 "녹슨 대문"이 불러일으키는 "쿨럭거리던 할아버지 기침 소리와/ 내 어린 추억과/ 내통하는 자의 관계는 어떤 것인지"(「바람」) 모호하지만, 바로 그렇기 때문에 역설적으로, 그 바람과 연루된 사연들과 소리와 추억은 시인의 내밀한 상상력의 바탕을 형성하고 있다. 그중 상처와 고통을 겪고 있는 여자들을 휘감는 바람의 사연을 들어보자.

손끝이 야무지던 살림살이도 두 손 놓았다
누가 그녀를 바람 들게 했는지
엄마 곁에 누우니 멈출 줄 모르는 바람이 낯설다
(중략)
이 순간도
아산병원, 명동 한의원, 명약 처방을 끌어와
그녀의 바람을 잠재우고 싶다
— 「뇌졸중」 부분

가끔은 끊어질 듯 신음을 내고
무뚝뚝한 바람이 지나간 자리
손끝에서 튕겨 나간 기억들이 분주하다

화사한 웃음도 잠시
퇴색된
그녀의 웃음 곁에
몸이 빠져나간 헐렁한 몸짓
팽팽한 정적을 품고 늙어가던 시간들
바람은 그냥 두지 않는다
— 「셋째 언니」 부분

  민간에서 '풍風' 맞고 쓰러졌다는 뜻으로 전해지는 병이 있는
데 흔히들 현대의학에서는 '뇌졸중'으로 진단한다. 시적 화자의
고령의 어머니는 뇌졸중에 걸려 몸의 한쪽이 마비된 채 심지어 "

정신줄 끊어진" 것이나 다를 바 없는 심약한 상태이다. "명약 처
방을 끌어와/ 그녀의 바람을 잠재우고 싶"(「뇌졸중」)지만, 좀처
럼 쉬운 일이 아니다. 이 고통이 시적 화자의 '셋째 언니'에게는
죽음으로 나타난다. 생의 고통은 "무뚝뚝한 바람이 지나간" "늙
어가던 시간들" 속에서 "그냥 두지 않는"(「셋째 언니」) 바람의 사
위에 놓일 따름이다. 그렇다면, 그들에게는 어떤 일들이 일어났
으며, 어떤 생의 고통의 바람을 온몸으로 감당해야 했을까.
「바람 인형」은 이에 대한 생각거리를 준다.

　알량한 관절을 꺾어야만,
　길가는 사람들을 유혹해야만 하는 인형의 바람이
　더욱 팽팽해지는 저녁
　붉은 노을빛에
　몸 두고 얼굴만 벌겋게 달아올랐다

　몸뚱이가 온전히 서기까지 절정에 이르기까지
　쓰러질 듯 주저앉을 듯
　구겨진 마음의 관절을 접었다 펴는 데는
　저만큼은 능숙해야지
　말랑한 구름이 잘 익은 달을 낳지

　생각하다가도 깨끗한 불빛이 서러운 여자
　—「바람 인형」 부분

「바람 인형」의 시적 대상은 길거리에 상업 광고용으로 비치된 고무 튜브 인형으로, 바람을 넣어 팽팽한 인형은 바람의 방향과 세기에 민감히 반응하면서 마치 관절을 자유자재로 꺾을 수 있는 양 바람에 따라 움직이는 홍보 마케팅 수단일 뿐이다. "세상의 바람만이 뼈임을 온몸으로 느끼는 여자"란 시구는 이 인형의 심층적 존재를 적실히 표현한다. 여기서, '바람 인형'의 시적 대상이 표면상 자본주의의 꼭두각시로 전락해가는 여성에 대한 시적 풍자와 비판으로 읽혀도 무방하다. 그런데 이보다 한층 시적 상상력의 지평을 넓힌다면, 그래서 앞서 살펴본 「뇌졸중」과 「셋째 언니」처럼 생의 고통의 바람을 온몸으로 감당해온 여성의 신산스러운 생의 이력을 포개놓을 경우 「바람 인형」의 시적 대상은 한국사회를 힘겹게 살아내고 있는 뭇 여성의 삶에 대한 시적 풍자와 비판, 그리고 연민의 시선으로 넓혀 얼마든지 해석할 수 있다.

그런데, 시인의 이러한 시적 태도에서 눈여겨볼 것은 삶에 대한 자존감이 바탕을 이루는 삶의 내공이 튼실하다는 점이다. 이것은 남편과 아내 사이를 노래하고 있는 시편들에서 곧잘 헤아릴 수 있다. 부부는 나이가 들어감에 따라 젊었을 적 상대방에 대한 매력이 현저히 없어지면서 서로에게 점차 실망감이 늘어가 애정이 식어 존재적 상처를 덧입히는 과정에서 아내의 실존적 소외와 외로움이 심해지는가 하면(「소파, 그 위의 남편」), 남편과의 심한 다툼과 갈등을 벌이며 심지어 이혼을 내뱉을 만큼 상대에게 정신적 비수를 꽂는 치명적 상처를 입히기도 한다(「3월」). 급기야 아내의 상상력 속 남편을 "수백 번을 죽이는" 살욕殺慾을 품으면서(「새순」), "남편과 머리 터지게 싸우는 날이면/ 늘 공터를 친구처럼 찾아가/ 먹구름 같은 속내를 걷어내"
(「공터」)면서 자신을 위무하고 삶을 다시 추스른다.

> 내가 남편인지 남편이 나인지 아무도 나도 모르도록 산다
> 산다, 아침이면
> 그 값이 얼마인지 모르고 묻지도 않고
> 또 내가 산다. 거울의 때인지 얼룩인지
> 내 얼굴 앞에 내가 모르는
> 거울 속, 십 년 전에 죽은 얼굴 없는 내가 선명하게 산다
> 자다가도 목덜미가 서늘한, 내가 산다
> 아침 밝은 생이 깊어 비굴한 상처 같은 하루를 산다
> 살아서 남편을, 서서 세상을 창밖에 툭툭 털어내고
> 입에서 발끝까지 홀딱 뒤집어서
> 또 방안으로 기어들어 와 반듯하게 산다
> ― 「산다」 부분

시적 화자인 아내에게 '산다'는 것은 존재의 당위성이자 주체
적 결단이다. 남편으로부터 받은 상처를 일상의 비루한 것들과
함께 일소해버린 아내는 그리하여 남편의 존재와 함께 했던 자
신의 과거를 몽땅 지워버린 그녀는 "살아서 남편을, 서서 세상
을 창밖에 툭툭 털어내고" 삶을 강단지게 살아간다. 그렇다면,
그녀의 이 힘은 어디에서 생성하는 것일까. 그녀의 이 강단진 삶
의 내공은 이순耳順의 연령이 득의하는 삶의 성찰을 주목해야 한
다. 그래서 「지금이 참 좋다」는 또 다른 측면에서 시인의 시적 내

공을 드러낸다. 시적 화자는 "조기 비늘을 벗기다가/ 입속으로 튀어든 비린내를 뱉어도/ 옆집 부부싸움 하는 소리가/ 장미 넝쿨 가시처럼 담을 넘어와도/ 오뉴월 땡볕에도 / 남편 머리 위에 눈발이 흩날려도/ 몸 구석구석/ 가을비 수차례 잦아들어도/ 현대미술관 피카소의 걸작을 읽을 줄 몰라도/ 양철지붕 비 떨어지는 소리 귀 밖의 소음일지라도/ 허리춤에서 허드레 숫자가 나날이 늘어가도/ 일 년을 헐어놓아도 쓸 게 없는 나이가 됐어도// 내 생의 귀퉁이가 반듯한 정원에서/ 꽃들과 놀고 있는// 지금이 참 좋다"는(「지금이 참 좋다」), 생의 달관의 경지에 이른다.

기실, 이 생의 달관을 득의하는 것은 지극히 평범하면서도 지극히 비범한 시인의 능력이 아닐 수 없다. 그것은 시인이 생의 간난신고를 온몸으로 겪는 가운데 뭇 존재와의 관계 속에서 생의 비의성에 대한 감각적 통찰의 힘과 이것이 함의한 시적 진실을 표현해내는 시적 정동을 벼리고 있기 때문이다. 가령, 「환한 죽음」은 이를 살펴볼 수 있는 시로 손색이 없다.

    냉기 가득한 방
    노인은 구더기의 어미가 되어 몸을 내어준다
    들러붙어 몸을 빠는 새끼들

    배 불린 새끼들 허물을 벗고 날아가 버린 지 오래다
    허물만 남은 방엔
    액자 속 낯선 웃음만 환하게 걸려있다
    (중략)

자식들처럼 달려와 준 벌레들로 외로움을 달랬을,

밤낮을 우글우글

상복을 걸친 새끼들의 윙윙거리는 곡소리

몸 삭힌 묵은 향에 주위가 붉다

두꺼운 외로움으로 쟁여진 방안이 들썩거린다

노인의 얼굴이 저리도 환하다

— 「환한 죽음」 부분

　고독사孤獨死한 노인의 죽음은 분명 음울하고 외롭고 비극적

모습의 전형이다. 게다가 구더기가 들끓고 있는 노인의 주검이

놓인 "냉기 가득한 방"에 감도는 "몸 삭힌 묵은 향"은 그로테스

크한 분위기를 연출하고 있다. 그런데 시인은 "노인의 얼굴이

저리도 환하다"란 마지막 시행에서 이 죽음과 주검의 아우라를

반전시킨다. 비록 노인은 가족 없이 지극히 쓸쓸한 죽음을 맞이

했고, 부패해들어가는 시신에 기생하는 벌레로 우글거렸으나,

그 벌레의 생명은 죽은 자를 멋잇감으로 하는 만찬의 향연에서

생명성을 얻은 셈이다. 그 만찬의 향연은 벌레들에게 얼마나 즐

겁고 소란스러웠을까. 고독사한 노인의 주검을 덮고 있던 "두꺼

운 외로움"은 도리어 벌레들이 채운 만찬의 소리, 시인의 이 시

적 정동의 표현으로 노인의 죽음은 암울하고 외롭지 않다. 정말

기이하고 기묘한 노인의 죽음 풍경이며, 뭇 존재의 관계에 대한

시적 통찰을 보여준다.

4.

이러한 시적 통찰은 김선옥 시인의 시작詩作을 주목하도 록 한다. 석공이 비상飛翔을 하는 검독수리를 아주 세밀히 조 각하는 "돌을 깨던 첫 망치질에서/ 마지막 완성의 시간이/ 검 독수리의 일생이었음에/ 침묵하는" 것과(「돌 깎는 남자」), "꾹꾹 눌러 담은/ 무수히 많은 사물을 쏟아놓고/ 하나의 퍼즐과 또 하나의 퍼즐로 깊은 관계를 맺는"(「시, 탄생하다」) 것은 시인 이 심혈을 기울여 시를 창작하는 일의 은유다. 이것은 또한 한 편 의 그림을 완성하는 일이나 다름이 없다.

갈대꽃을 거꾸로 잡았다
붓이 되어
난잎이 아니어도 휘어진 그림을 그린다

블라우스 앞자락을 들추는 바람을 그리고
나뭇가지 휘어지는 새소리를 그리고
골목을 휘는 아이들 웃음소리를 그리고
두루미가 밟고 있는
굽이도는 강물을 그린다

붓 하나 잡고 먹구름을 찍었을 뿐인데
붓끝에서 세상이 다 휘어지는 그림이 된다

굽어지는 법을 모르던 남편 등이 휘고

풀들이 누우며 바람을 휘고
아카시아 나뭇가지에 얹힌
고음과 저음의 새소리가 휘어지며
그림이 된다

붓을 놓고 바라본 앞산에서
부엉이 소리가 휜다
　　―「묵란도」 전문

　김선옥의 이번 시집 해설을 마무리하면서, 「묵란도」를 음미해
본다. 붓을 들고 바람, 새소리, 웃음소리, 강물, 먹구름 등을 그
렸을 뿐인데, "붓끝에서 세상이 다 휘어지는 그림"을 그린다고
한다. 이것이야말로 시인이 추구하는 시적 진실의 세계이며, 이
를 표현하는 시적 정동의 핵심을 이룬다. 말하자면, 김선옥 시
인은 세계를 자신의 감각으로 사유하여 이를 시적 표현으로 나
타내되, 점點과 직直으로 이뤄진 직정直情의 세계는 절로 '곡曲의
율동 – 생의 율동'으로 이뤄지고 부드러운 환環의 세계가 갖는 시
적 진실에 이른다. 그래서일까. 마지막 연에서 시적 화자는 그림
을 그리지 않고 앞산을 볼 뿐인데 어디선가 부엉이 소리가 휘어
져 들려오는 경이로운 심미적 전율을 체득한다. 앞산의 어느 한
곳을 응시하는 시적 화자의 행위는 전방前方의 한 지점을 보는
행위인데, 부엉이 소리가 '굽어 휘어져' 들려오는 미적 체험을
한다. 이것은 시인의 시작詩作이 갖는, 이후 좀 더 다듬고 궁리해
야 할 시학詩學의 바탕을 이룬다는 점에서 아무리 강조해도 지나

치지 않은 시적 성취이다. 그림을 그리지 않는데도 불구하고, 달리 말해 시인이 시를 쓰지 않는데도 불구하고, 김선옥 시인이 추구하는 '좋은 시'는 현실과 시작詩作의 경계를 넘어 세계 자체가 시예술의 경지로 절로 드러나고 있다. 이쯤되면, 시와 현실의 경계가 무화되는 게 아닐까. 어쩌면, 김선옥 시인은 이미 예의 시작詩作에 정진하고 있는바, 다음 시집에서 소리의 풍경과 생의 율동으로 이뤄진 자신의 시세계를 한층 완숙시킬 수 있으리라.

김선옥 시집
바람인형

발   행 2022년 7월 20일
지 은 이 김선옥
펴 낸 이 반송림
편집디자인 반송림
펴 낸 곳 도서출판 지혜
           계간시전문지 애지
기획위원 반경환 이형권
주   소 34624 대전광역시 동구 태전로 57, 2층 도서출판 지혜(삼성동)
전   화 042-625-1140
팩   스 042-627-1140
전자우편 ejisarang@hanmail.net
애지카페 cafe.daum.net/ejiliterature

ISBN : 979-11-5728-478-8 03810
값 11,000원

김 선 옥

김선옥 시인은 경북 문경에서 태어났고, 2019년 『애지』로 등단했다. 김선옥 시인의 첫 시집 『바람 인형』은 고명철 교수의 말대로, 점點과 직直으로 이뤄진 직정直情의 세계는 절로 '곡曲의 율동–생의 율동'으로 이뤄지고 부드러운 환環의 세계가 갖는 시적 진실에 이른다. 소리의 풍경과 생의 율동으로 이루어진 더없이 독특하고 신선한 세계가 바로 그의 첫 시집 『바람 인형』이라고 할 수가 있다.

이메일 kso6789@hanmali.net